徐志摩经典诗歌

为爱而生

石油工业出版社

目　　录

志摩的诗

  雪花的快乐 …………………………………………… 1

  落叶小唱 ……………………………………………… 2

  去罢 …………………………………………………… 3

  为要寻一个明星 ……………………………………… 3

  多谢天！我的心又一度的跳荡 ……………………… 4

  我有一个恋爱 ………………………………………… 6

  月下雷峰影片 ………………………………………… 7

  沪杭车中 ……………………………………………… 7

  天国的消息 …………………………………………… 8

  她是睡著了 …………………………………………… 9

  残诗 …………………………………………………… 10

  常州天宁寺闻礼忏声 ………………………………… 11

  毒药 …………………………………………………… 13

  婴儿 …………………………………………………… 14

  沙扬娜拉——赠日本女郎 …………………………… 15

  哀曼殊斐儿 …………………………………………… 16

  月下待杜鹃不来 ……………………………………… 17

  希望的埋葬 …………………………………………… 18

  康桥再会罢 …………………………………………… 20

翡冷翠的一夜

  翡冷翠的一夜 ………………………………………… 24

  呻吟语 ………………………………………………… 26

  偶然 …………………………………………………… 27

  丁当——清新 ………………………………………… 27

我来扬子江边买一把莲蓬 …… 28
半夜深巷琵琶 …… 29
起造一座墙 …… 30
望月 …… 30
再不见雷峰 …… 31
这年头活着不易 …… 31
海韵 …… 32
苏苏 …… 34
新催妆曲 …… 35
两地相思 …… 37

猛虎集

我等候你 …… 39
再别康桥 …… 42
拜献 …… 43
生活 …… 44
残春 …… 44
残破 …… 45
我不知道风是在那一个方向吹 …… 46
阔的海 …… 47
在不知名的道旁 …… 48
黄鹂 …… 49

云游集

云游 …… 50
最后的那一天 …… 50
火车擒住轨 …… 51

志摩的诗

🌸 雪花的快乐

假如我是一朵雪花，
翩翩的在半空里潇洒，
　我一定认清我的方向——
　　飞飏，飞飏，飞飏，——
这地面上有我的方向。

不去那冷寞的幽谷，
不去那凄清的山麓，
　也不上荒街去惆怅——
　　飞飏，飞飏，飞飏，——
你看，我有我的方向！

在半空里娟娟的飞舞，
认明了那清幽的住处，
　等着她来花园里探望——
　　飞飏，飞飏，飞飏，——
啊，她身上有朱砂梅的清香！

那时我凭藉我的身轻，
盈盈的，沾住了她的衣襟，
　贴近她柔波似的心胸——
　　消溶，消溶，消溶——
溶入了她柔波似的心胸！

（此诗写于1924年12月30日，登载于1925年1月17日《现代评论》第1卷第6期。）

🌸 落叶小唱

一阵声响转上了阶沿,
(我正挨近著梦乡边;)
这回准是她的脚步了,我想——
　　在这深夜!

一声剥啄在我的窗上,
(我正靠紧著睡乡旁;)
这准是她来闹著玩——你看,
　　我偏不张皇!

一个声息贴近我的床,
我说(一半是睡梦,一半是迷惘;)——
"你总不能明白我,你又何苦
多叫我心伤!"

一声喟息落在我的枕边,
(我已在梦乡里留恋;)
"我负了你!"你说——你的热泪
　　烫著我的脸!

这音响恼著我的梦魂,
(落叶在庭前舞,一阵,又一阵;)
梦完了,阿,回复清醒;恼人的——
　　却只是秋声!

(此诗写于 1925 年 3 月前。)

去罢

去罢,人间,去罢!
　　我独立在高山的峰上;
去罢,人间,去罢!
　　我面对著无极的穹苍。

去罢,青年,去罢!
　　与幽谷的香草同埋;
去罢,青年,去罢!
　　悲哀付与暮天的群鸦。

去罢,梦乡,去罢!
　　我把幻景的玉杯摔破;
去罢,梦乡,去罢!
　　我笑受山风与海涛之贺。

去罢,种种,去罢!
　　当前有插天的高峰!
去罢,一切,去罢!
　　当前有无穷的无穷!

(此诗写于 1924 年 5 月 20 日,登载于 1924 年 6 月 17 日《晨报副刊》)。

为要寻一个明星

我骑著一匹拐腿的瞎马,

向著黑夜里加鞭；——
　　向著黑夜里加鞭，
我跨著一匹拐腿的瞎马。

我冲入这黑绵绵的昏夜，
　　为要寻一颗明星；——
　　为要寻一颗明星，
我冲入这黑茫茫的荒野。

累坏了，累坏了我跨下的牲口，
　　那明星还不出现；——
　　那明星还不出现，
累坏了，累坏了马鞍上的身手。

这回天上透出了水晶似的光明，
　　荒野里倒著一只牲口，
　　黑夜里躺著一具尸首。——
这回天上透出了水晶似的光明！

（此诗登载于1924年12月1日《晨报六周年纪念增刊》。）

❀ 多谢天！我的心又一度的跳荡

多谢天！我的心又一度的跳荡，
这天蓝与海青与明洁的阳光
驱净了梅雨时期无欢的踪迹，
也散放了我心头的网罗与纽结，
像一朵曼陀罗花英英的露爽，
在空灵与自由中忘却了迷惘：——
迷惘迷惘！也不知求自何处，

囚禁著我心灵的自然的流露，
可怖的梦魇，黑夜无边的惨酷，
苏醒的盼切，只增剧灵魂的麻木！
曾经有多少的白昼，黄昏，清晨，
嘲讽我这蚕茧似不生产的生存？
也不知有几遭的明月，星群，晴霞，
山岭的高亢与流水的光华……
辜负！辜负自然界叫唤的殷勤，
惊不醒这沈醉的昏迷与顽冥！

如今多谢这无名的博大的光辉，
在艳色的青波与绿岛间萦洄，
更有那渔船与帆影，亭亭的黏附
在天边，唤起辽远的梦景与梦趣：
我不由的惊悚，我不由的感愧；
（有时微笑的妩媚是启悟的棒槌！）
是何来倏忽的神明，为我解脱
忧愁，新竹似的豁裂了外箨，
透露内里的青篁，又为我洗净
障眼的盲翳，重见宇宙间的欢欣。

这或许是我生命重新的机兆；
大自然的精神！容纳我的祈祷，
容许我的不踌躇的注视，容许
我的热情的献致，容许我保持
这显示的神奇，这现在与此地，
这不可比拟的一切间隔的毁灭！
我更不问我的希望，我的惆怅，
未来与过去只是渺茫的幻想，
更不向人间访问幸福的进门，
只求每时分给我不死的印痕，——

变一颗埃尘,一颗无形的埃尘,
追随着造化的车轮,进行,进行……

(此诗写于 1925 年 3 月前。)

❀ 我有一个恋爱

我有一个恋爱;——
我爱天上的明星;
我爱他们的晶莹:
　　人间没有这异样的神明。

在冷峭的暮冬的黄昏,
在寂寞的灰色的清晨。
在海上,在风雨后的山顶——
　　永远有一颗,万颗的明星!

山涧边小草花的知心,
高楼上小孩童的欢欣,
旅行人的灯亮与南针:——
　　万万里外闪烁的精灵!

我有一个破碎的魂灵,
像一堆破碎的水晶,
散布在荒野的枯草里——
　　饱啜你一瞬瞬的殷勤。

人生的冰激与柔情,
我也曾尝味,我也曾容忍;
有时阶砌下蟋蟀的秋吟,

引起我心伤,逼迫我泪零。

我袒露我的坦白的胸襟,
　　献爱与一天的明星;
任凭人生是幻是真,
地球存在或是消泯——
　　大空中永远有不昧的明星!

(此诗手稿中未注明写作时间。)

❀ 月下雷峰影片

我送你一个雷峰塔影,
　　满天稠密的黑云与白云;
我送你一个雷峰塔顶,
　　明月泻影在眠熟的波心。

深深的黑夜,依依的塔影,
　　团团的月彩,纤纤的波鳞——
假如你我荡一支无遮的小艇,
　　假如你我创一个完全的梦境!

(此诗写于1923年9月26日。)

❀ 沪杭车中

匆匆匆!催催催!
一卷烟,一片山,几点云影,
一道水,一条桥,一支橹声,
一林松,一丛竹,红叶纷纷:

艳色的田野，艳色的秋景，
梦境似的分明，模糊，消隐——
催催催！是车轮还是光阴？
催老了秋容，催老了人生！

（此诗写于1923年10月30日，登载于1923年《小说月报》第14卷第11号，原名《沪杭道中》。）

❀ 天国的消息

可爱的秋景！无声的落叶，
轻盈的，轻盈的，掉落在这小径，
竹篱内，隐约的，有小儿女的笑声：

呖呖的清音，缭绕著村舍的静谧，
仿佛是幽谷里的小鸟，欢噪着清晨，
驱散了昏夜的晦塞，开始无限光明。

霎那的欢欣，昙花似的涌现，
开豁了我的情绪，忘却了春恋，
人生的惶惑与悲哀，惆怅与短促——
在这稚子的欢笑声里，想见了天国！

晚霞泛滥着金色的枫林，
凉风吹拂着我孤独的身形；
我灵海里啸响着伟大的波涛，
应和更伟大的脉搏，更伟大的灵潮！

（此诗写于1925年3月前。）

🌸 她是睡著了

她是睡著了——
星光下一朵斜欹的白莲;
她入梦境了——
香炉里袅起一缕碧螺烟。

她是眠熟了——
涧泉幽抑了喧响的琴弦;
她在梦乡了——
粉蝶儿,翠蝶儿,翻飞的欢恋。

停匀的呼吸:
清芬,渗透了她的周遭的清氛;
有福的清氛
怀抱著,抚摩著,她纤纤的身形!

奢侈的光阴!
静,沙沙的尽是闪亮的黄金,
平铺着无垠,
波鳞间轻漾著光艳的小艇。

醉心的光景:
给我披一件彩衣,啜一坛芳醴,
折一枝藤花,
舞,在葡萄丛中颠倒,昏迷。

看呀,美丽!
三春的颜色移上了她的香肌,

是玫瑰，是月季，
是朝阳里的水仙，鲜妍，芳菲！

　　梦底的幽秘，
挑逗著她的心——纯洁的灵魂——
　　像一只蜂儿，
在花心恣意的唐突——温存。

　　童真的梦境！
静默，休教惊断了梦神的殷勤；
　　抽一丝金络，
抽一丝银络，抽一丝晚霞的紫曛；

　　玉腕与金梭，
织缣似的精审，更番的穿度——
　　化生了彩霞，
神阙，安琪儿的歌，安琪儿的舞。

　　可爱的梨涡，
解释了处女的梦境的欢喜，
　　像一颗露珠，
颤动的，在荷盘中闪耀著晨曦！

（此诗手稿中仅注写作时间为"十九日夜二时半"。）

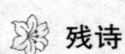 **残诗**

　　怨谁？怨谁？这不是青天里打雷？
关着，锁上；赶明儿瓷花砖上堆灰！
别瞧这白石台阶儿光滑，赶明儿，唉，

石缝里长草,石板青青的全是莓!
那廊下的青玉缸里养着鱼,真凤尾,
可还有谁给换水,谁给捞草,谁给喂?
要不了三五天准翻著白肚鼓著眼,
不浮著死,也就让冰分儿压一个扁!
顶可怜是那几个红嘴绿毛的鹦哥,
让娘娘教得顶乖,会跟着洞箫唱歌,
真娇养惯,喂食一迟,就叫人名儿骂,
现在,您叫去!就剩空院子给您答话!……

(此诗原题为《残诗一首》,写于1925年1月,登载于1925年1月15日《晨报·文学旬刊》。)

❀ 常州天宁寺闻礼忏声

有如在火一般可爱的阳光里,偃卧在长梗的,杂乱的丛草里,听初夏第一声的鹧鸪,从天边直响入云中,从云中又回响到天边;

有如在月夜的沙漠里,月光温柔的手指,轻轻的抚摩着一颗颗热伤了的砂砾,在鹅绒般软滑的热带的空气里,听一个骆驼的铃声,轻灵的,轻灵的,在远处响着,近了,近了,又远了……

有如在一个荒凉的山谷里,大胆的黄昏星,独自临照着阳光死去了的宇宙,野草与野树默默的祈祷着,听一个瞎子,手扶着一个幼童,铛的一响算命锣,在这黑沈沈的世界里回响着;

有如在大海里的一块礁石上,浪涛像猛虎般的狂扑着,天空紧紧的绷着黑云的厚幕,听大海向那威吓着的风暴,低声的,柔声的,忏悔它一切的罪恶;

有如在喜马拉雅的顶颠,听天外的风,追赶着天外的云的急步声，在无数雪亮的山壑间回响着；
有如在生命的舞台的幕背，听空虚的笑声，失望与痛苦
的呼答声，残杀与淫暴的狂欢声，厌世与自杀的悲歌
声，在生命的舞台上合奏着；

我听着了天宁寺的礼忏声！

这是那里来的神明？人间再没有这样的境界！

这鼓一声，钟一声，磬一声，木鱼一声，佛号一声……
乐音在大殿里，迂缓的，曼长的回荡着，无数冲突的
波流谐合了，无数相反的色彩净化了，无数现世的高
低消灭了……

这一声佛号，一声钟，一声鼓，一声木鱼，一声磬，谐
音盘礴在宇宙间——解开一小颗时间的埃尘，收束了
无量数世纪的因果；

这是那里来的大和谐——星海里的光彩，大千世界的音
籁，真生命的洪流：止息了一切的动，一切的扰攘；

在天地的尽头，在金漆的殿椽间，在佛像的眉宇间，在
我的衣袖里，在耳鬓边，在官感里，在心灵里，在梦
里，……

在梦里，这一瞥间的显示，青天，白水，绿草，慈母温
软的胸怀，是故乡吗？是故乡吗？

光明的翅羽，在无极中飞舞！

大圆觉底里流出的欢喜，在伟大的，庄严的，寂灭的，

无疆的，和谐的静定中实现了！

颂美呀，涅槃！赞美呀，涅槃！

（此诗写于1923年10月26日，登载于1923年11月11日《晨报·文学旬报》。）

毒药

今天不是我歌唱的日子，我口边涎著狞恶的微笑，不是我说笑的日子，我胸怀间插著发冷光的利刃；

相信我，我的思想是恶毒的因为这世界是恶毒的，我的灵魂是黑暗的因为太阳已经灭绝了光彩，我的声调是像坟堆里的夜鸮因为人间已经杀尽了一切的和谐，我的口音像是冤鬼责问他的仇人因为一切的恩已经让路给一切的怨；

但是相信我，真理是在我的话里虽则我的话像是毒药，真理是永远不含糊的虽则我的话里仿佛有两头蛇的舌，蝎子的尾尖，蜈蚣的触须；只因为我的心里充满著比毒药更强烈，比咒诅更狠毒，比火焰更猖狂，比死更深奥的不忍心与怜悯心与爱心，所以我说的话是毒性的，咒诅的，燎灼的，虚无的；

相信我，我们一切的准绳已经埋没在珊瑚土打紧的墓宫里，最劲冽的祭肴的香味也穿不透这严封的地层：一切的准则是死了的；

我们一切的信心像是顶烂在树枝上的风筝，我们手里擎著这迸断了的鹞线：一切的信心是烂了的；

相信我，猜疑的巨大的黑影：像一块乌云似的，已经笼盖著人间一切的关系：人子不再悲哭他新死的亲娘，兄弟不再来携著他姊妹的手，朋友变成了寇仇，看家的狗回头来咬他主人的腿：是的，猜疑淹没了一切；在路旁坐著啼哭的，在街心里站著的，在你窗前探望的，都是被奸污的处女：池潭里只见些烂破的鲜艳的荷花；

　　在人道恶浊的涧水里流著，浮萍似的，五具残缺的尸体，他们是仁义礼智信，向著时间无尽的海澜里流去；

　　这海是一个不安靖的海，波涛狙獗的翻著，在每个浪头的小白帽上分明的写著人欲与兽性；

　　到处是奸淫的现象，贪心搂抱著正义，猜忌逼迫著同情，懦怯押亵著勇敢，肉欲侮弄著恋爱，暴力侵陵著人道，黑暗践踏著光明；

　　听呀，这一片淫猥的声响，听呀，这一片残暴的声响；

　　虎狼在热闹的市街里，强盗在你们妻子的床上，罪恶在你们深奥的灵魂里……

婴儿

　　我们要盼望一个伟大的事实出现，我们要守候一个馨香的婴儿出世：——

　　你看他那母亲在她生产的床上受罪！

　　她那少妇的安详，柔和，端丽，现在在剧烈的阵痛里变形成不可信的丑恶：你看她那遍体的筋络都在她薄嫩的皮肤底里暴涨著，可怕的青色与紫色，像受惊的水青蛇在田沟里急泅似的，汗珠站在她的前额上像一颗颗的黄豆，她的四肢与身体猛烈的抽搐著，畸屈著，奋挺著，纠旋著，仿佛她垫著的席子是用针尖编成的，仿佛她的帐围是用火焰织成的；

　　一个安详的，镇定的，端庄的，美丽的少妇，现在在阵痛的惨酷里变形成魔鬼似的可怖：她的眼，一时紧紧的阖著，一时巨大的睁著，她那眼，原来像冬夜池潭里反映著的明星，现在吐露著青黄色的凶焰，眼珠像是烧红的炭火，映射出她灵魂最后的奋斗，她的原来朱红色的口唇，现在像是炉底的冷灰，她的口颤著，撅著，扭著，死神的热烈的亲吻不容许她一息的平安，她的发是散披著，横在口边，漫在胸前，像揪乱的麻丝，她的手指间紧抓著几穗拧下来的乱发；

　　这母亲在她生产的床上受罪：——

　　但她还不曾绝望，她的生命挣扎著血与肉与骨与肢体的纤微，在危崖的边沿上，抵抗著，搏斗著，死神的逼迫；

　　她还不曾放手，因为她知道（她的灵魂知道！）这苦痛不是无因的，因为她知道她的胎宫里孕育著一点比她自己更伟大的生命的种子，包涵著一个比一切更永久的婴儿；

　　因为她知道这苦痛是婴儿要求出世的征候，是种子在泥土里爆裂成美丽的生命的消息，是她完成她自己生命的使命的时机；

　　因为她知道这忍耐是有结果的，在她剧痛的昏昏中她仿佛听著上帝准许人间祈祷的声音，她仿佛听著天使们赞美未来的光明的声音；

　　因此她忍耐著，抵抗著，奋斗著……她抵拼绷断她统体的纤微，她要赎出在她那胎宫里动荡著的生命，在她一个完全，美丽的婴儿出世的盼望中，最锐利，最沉酣的痛感逼成了最锐利最沉酣的快感……

❀ 沙扬娜拉——赠日本女郎

最是那一低头的温柔，
　　像一朵水莲花不胜凉风的娇羞，
道一声珍重，道一声珍重，
　　那一声珍重里有蜜甜的忧愁——
　　　　沙扬娜拉！

（此诗写于徐志摩 1924 年 6 月随泰戈尔访日期间，为徐志摩《沙扬娜拉十八首》中第十八首。初版《志摩的诗》收录全部十八首，再版时，徐志摩删去前十七首，仅留最后一首，并加副题：赠日本女郎。）

哀曼殊斐儿

我昨夜梦入幽谷,
　　听子规在百合丛中泣血,
我昨夜梦登高峰,
　　见一颗光明泪自天坠落。

古罗马的郊外有座墓园,
　　静偃著百年前客殇的诗骸;
百年后海岱士黑辇的车轮,
　　又喧响在芳丹卜罗的青林边。

说宇宙是无情的机械,
　　为甚明灯似的理想闪耀在前?
说造化是真善美之表现,
　　为甚五彩虹不常住天边?

我与你虽仅一度相见
　　但那二十分不死的时间!
谁能信你那仙姿灵态,
　　竟已朝露似的永别人间?

非也!生命只是个实体的幻梦;
　　美丽的灵魂,永承上帝的爱宠;
三十年小住,只似昙花之偶现,
　　泪花里我想见你笑归仙宫。

你记否伦敦约言,曼殊斐儿!
　　今夏再见于琴妮湖之边;

琴妮湖永抱着白朗矶的雪影，
　　　此日我怅望云天，泪下点点！

我当年初临生命的消息，
　　　梦觉似的骤感恋爱之庄严；
生命的觉悟是爱之成年。
　　　我今又因死而感生与恋之涯沿！

同情是摜不破的纯晶，
　　　爱是实现生命之唯一途径：
死是座伟秘的洪炉，此中
　　　凝炼万象所从来之神明。

我哀思焉能电花似的飞骋，
　　　感动你在天日遥远的灵魂？
我洒泪向风中遥送，
　　　问何时能戡破生死之门？

❀ 月下待杜鹃不来

看一回凝静的桥影，
数一数螺钿的波纹，
我倚暖了石阑的青苔，
青苔凉透了我的心坎；

月儿，你休学新娘羞，
把锦被掩盖你光艳首，
你昨宵也在此勾留，
可听她允许今夜来否？

听远村寺塔的钟声，
像梦里的轻涛吐复收，
省心海念潮的涨歇，
依稀漂泊踉跄的孤舟；

水粼粼，夜冥冥，思悠悠，
何处是我恋的多情友，
风飕飕，柳飘飘，榆钱斗斗，
令人长忆伤春的歌喉。

（此诗登载于1923年3月29日《时事新报·学灯》。）

希望的埋葬

希望，只如今……
如今只剩些遗骸；
可怜，我的心……
却教我如何埋掩？

希望，我抚摩著
你惨变的创伤，
在这冷默的冬夜
谁与我商量埋葬？

埋你在秋林之中，
幽涧之边，你愿否，
朝餐泉乐的琤瑽，
暮偎著松茵香柔？

我收拾一筐的红叶，

露凋秋伤的枫叶，
铺盖在你新坟之上，——
长眠著美丽的希望！

我唱一支惨淡的歌，
与秋林的秋声相和；
滴滴凉露似的清泪，
洒遍了清冷的新墓！

我手抱你冷残的衣裳，
凄怀你生前的经过——
一个遭不幸的爱母
回想一场抚养的辛苦。

我又舍不得将你埋葬，
希望，我的生命与光明！
像那个情疯了的公主，
紧搂住她爱人的冷尸！

梦境似的惝恍，
毕竟是谁存与谁亡？
是谁在悲唱，希望！
你，我，是谁替谁埋葬？

"美是人间不死的光芒"，
不论是生命，或是希望；
便冷骸也发生命的神光，
何必问秋林红叶去埋葬？

康桥再会罢

康桥,再会罢;
我心头盛满了别离的情绪,
你是我难得的知己,我当年
辞别家乡父母,登太平洋去,
(算来一秋二秋,已过了四度
春秋,浪迹在海外,美土欧洲)
扶桑风色,檀香山芭蕉况味,
平波大海,开拓我心胸神意,
如今都变了梦里的山河,
渺茫明灭,在我灵府的底里;
我母亲临别的泪痕,她弱手
向波轮远去送爱儿的巾色,
海风咸味,海鸟依恋的雅意,
尽是我记忆的珍藏,我每次
摩按,总不免心酸泪落,便想
理箧归家,重向母怀中匐伏,
回复我天伦挚爱的幸福;
我每想人生多少跋涉劳苦,
多少牺牲,都只是枉费无补,
我四载奔波,称名求学,毕竟
在知识道上,采得几茎花草,
在真理山中,爬上几个峰腰,
钧天妙乐,曾否闻得,彩虹色,
可仍记得?——但我如何能回答?
我但自喜楼高车快的文明,
不曾将我的心灵污抹,今日
我对此古风古色,桥影藻密,

依然能坦胸相见，惺惺惜别。

康桥，再会罢！
你我相知虽迟，然这一年中
我心灵革命的怒潮，尽冲泻
在你妩媚河身的两岸，此后
清风明月夜，当照见我情热
狂溢的旧痕，尚留草底桥边，
明年燕子归来，当记我幽叹
音节，歌吟声息，缦烂的云纹
霞彩，应反映我的思想情感，
此日撤向天空的恋意诗心，
赞颂穆静腾辉的晚景，清晨
富丽的温柔；听！那和缓的钟声
解释了新秋凉绪，旅人别意，
我精魂腾跃，满想化人音波，
震天彻地，弥盖我爱的康桥，
如慈母之于睡儿，缓抱软吻；
康桥！汝永为我精神依恋之乡！
此去身虽万里，梦魂必常绕
汝左右，任地中海疾风东指，
我亦必纡道西回，瞻望颜色；
归家后我母若问海外交好，
我必首数康桥；在温清冬夜
蜡梅前，再细辨此日相与况味；
设如我星明有福，素愿竟酬，
则来春花香时节，当复西航，
重来此地，再捡起诗针诗线，
绣我理想生命的鲜花，实现
年来梦境缠绵的销魂足迹，
散香柔韵节，增媚河上风流；

故我别意虽深,我愿望亦密,
昨宵明月照林,我已向倾吐
心胸的蕴积,今晨雨色凄清,
小鸟无欢,难道也为是怅别
情深,累藤长草茂,涕泪交零!

康桥!山中有黄金,天上有明星,
人生至宝是情爱交感,即使
山中金尽,天上星散,同情还
永远是宇宙间不尽的黄金,
不昧的明星;赖你和悦宁静
的环境,和圣洁欢乐的光阴,
我心我智,方始经爬梳洗涤,
灵苗随春草怒生,沐日月光辉,
听自然音乐,哺啜古今不朽
——强半汝亲栽育——的文艺精英;
恍登万丈高峰,猛回头惊见
真善美浩瀚的光华,覆翼在
人道蠕动的下界,朗然照出
生命的经纬脉络,血赤金黄,
尽是爱主恋神的辛勤手绩;
康桥!你岂非是我生命的泉源?
你惠我珍品,数不胜数;最难忘
骞士德顿桥下的星磷坝乐,
弹舞殷勤,我常夜半凭阑干,
倾听牧地黑野中倦牛夜嚼,
水草间鱼跃虫嗤,轻挑静寞;
难忘春阳晚照,泼翻一海纯金,
淹没了寺塔钟楼,长垣短堞,
千百家屋顶烟突,白水青田,
难忘茂林中老树纵横;巨干上

黛薄茶青，却教斜刺的朝霞，
抹上些微胭脂春意，忸怩神色；
难忘七月的黄昏，远树凝寂，
像墨泼的山形，衬出轻柔暝色，
密稠稠，七分鹅黄，三分橘绿，
那妙意只可去秋梦边缘捕捉；
难忘榆荫中深宵清唳的诗禽，
一腔情热，教玫瑰噙泪点首，
满天星环舞幽吟，款住远近
浪漫的梦魂，深深迷恋香境；
难忘村里姑娘的腮红颈白；
难忘屏绣康河的垂柳婆娑，
婀娜的克莱亚，硕美的校友居；
——但我如何能尽数，总之此地
人天妙合，虽微如寸芥残垣，
亦不乏纯美精神：流贯其间，
而此精神，正如宛次宛土所谓
"通我血液，浃我心脏，"有"镇驯
矫饬之功；"我此去虽归乡土，
而临行怫怫，转若离家赴远；
康桥！我故里闻此，能弗怨汝
偫爱，然我自有谠言代汝答付；
我今去了，记好明春新杨梅
上市时节，盼望我含笑归来，
再见罢，我爱的康桥！

　　（此诗写于1922年8月10日，1923年3月21日登载于上海《时事新报》副刊《学灯》。但因格式排错，本诗于1923年8月25日重排发表。）

翡冷翠的一夜

翡冷翠的一夜

你真的走了,明天?那我,那我,……
你也不用管,迟早有那一天;
你愿意记着我,就记着我,
要不然趁早忘了这世界上
有我,省得想起时空着恼,
只当是一个梦,一个幻想;
只当是前天我们见的残红,
怯怜怜的在风前抖擞,一瓣,
两瓣,落地,叫人踩,变泥……
唉,叫人踩,变泥——变了泥倒干净,
这半死不活的才叫是受罪,
看着寒伧,累赘,叫人白眼——
天呀!你何苦来,你何苦来……
我可忘不了你,那一天你来,
就比如黑暗的前途见了光彩,
你是我的先生,我爱,我的恩人,
你教给我甚么是生命,甚么是爱,
你惊醒我的昏迷,偿还我的天真。
没有你我那知道天是高,草是青?
你摸摸我的心,它这下跳得多快;
再摸我的脸,烧得多焦,亏这夜黑
看不见;爱,我气都喘不过来了,
别亲我了;我受不住这烈火似的活,
这阵子我的灵魂就像是火砖上的
熟铁,在爱的锤子下,砸,砸,火花
四散的飞洒……我晕了,抱着我,

爱，就让我在这儿清静的园内，
闭着眼，死在你的胸前，多美！
头顶白杨树上的风声，沙沙的，
算是我的丧歌，这一阵清风，
橄榄林里吹来的，带着石榴花香，
就带了我的灵魂走，还有那萤火，
多情的殷勤的萤火，有他们照路，
我到了那三环洞的桥上再停步，
听你在这儿抱着我半暖的身体，
悲声的叫我，亲我，摇我，咂我；……
我就微笑的再跟着清风走，
随他领着我，天堂，地狱，那儿都成，
反正丢了这可厌的人生，实现这死
在爱里，这爱中心的死不强如
五百次的投生？……自私，我知道，
可我也管不着……你伴着我死？
什么，不成双就不是完全的"爱死"，
要飞升也得两对翅膀儿打伙，
进了天堂还不一样的要照顾，
我少不了你，你也不能没有我；
要是地狱，我单身去你更不放心，
你说地狱不定比这世界文明
（虽则我不信，）像我这娇嫩的花朵，
难保不再遭风暴，不叫雨打，
那时候我喊你，你也听不分明，——
那不是求解脱反投进了泥坑，
倒叫冷眼的鬼串通了冷心的人，
笑我的命运，笑你懦怯的粗心？
这话也有理，那叫我怎么办呢？
活着难，太难，就死也不得自由，
我又不愿你为我牺牲你的前程……

唉！你说还是活着等，等那一天！
有那一天吗？——你在，就是我的信心；
可是天亮你就得走，你真的忍心
丢了我走？我又不能留你，这是命；
但这花，没阳光晒，没甘露浸，
不死也不免瓣尖儿焦萎，多可怜！
你不能忘我，爱，除了在你的心里，
我再没有命；是，我听你的话，我等，
等铁树儿开花我也得耐心等；
爱，你永远是我头顶的一颗明星：
要是不幸死了，我就变一个萤火，
在这园里，挨著草根，暗沈沈的飞，
黄昏飞到半夜，半夜飞到天明，
只愿天空不生云，我望得见天
天上那颗不变的大星，那是你，
但愿你为我多放光明，隔着夜，
隔着天，通着恋爱的灵犀一点……

六月十一日，一九二五年翡冷翠山中

 **呻吟语**

我亦愿意赞美这神奇的宇宙，
我亦愿意忘却了人间有忧愁，
　像一只没挂累的梅花雀，
　清朝上歌唱，黄昏时跳跃；——
假如她清风似的常在我的左右！

我亦想望我的诗句清水似的流，
我亦想望我的心池鱼似的悠悠；

但如今膏火是我的心,
再休问我闲暇的诗情?——
上帝!你一天不还她生命与自由!

(此诗登载于1925年9月3日《晨报副刊》)

❀ 偶然

我是天空里的一片云,
偶尔投影在你的波心——
　你不必讶异,
　更无须欢喜——
在转瞬间消灭了踪影。

你我相逢在黑夜的海上,
你有你的,我有我的,方向;
　你记得也好,
　最好你忘掉,
在这交会时互放的光亮!

(此诗实为徐志摩和陆小曼合写剧本《卞昆冈》第五幕里老瞎子的唱词。徐志摩写于1926年5月,登载于1926年5月27日《晨报副刊·诗镌》第9期。)

❀ 丁当——清新

檐前的秋雨在说什么?
　它说摔了她,忧郁什么?
我手拿起案上的镜框,

在地平上摔一个丁当。

檐前的秋雨又在说什么？
　"还有你心里那个留着做什么？"
蓦地里又听见一声清新——
　这回摔破的是我自己的心！

一九二五年秋作

（此诗登载于 1925 年 12 月 1 日《晨报七周年纪念增刊》。）

❀ 我来扬子江边买一把莲蓬

我来扬子江边买一把莲蓬；
　手剥一层层莲衣，
　看江鸥在眼前飞，
　忍含着一眼悲泪——
　我想着你，我想着你，阿小龙！

我尝一尝莲瓤，回味曾经的温存：——
　那阶前不卷的重帘，
　掩护着同心的欢恋，
　我又听着你的盟言，
　"永远是你的，我的身体，我的灵魂。"

我尝一尝莲心，我的心比莲心苦；
　我长夜里怔忡，
　挣不开的恶梦，
　谁知我的苦痛？
你害了我，爱，这日子叫我如何过？

但我不能责你负,我不忍猜你变,
　　我心肠只是一片柔:
　　你是我的!我依旧
　　将你紧紧的抱搂——
　　除非是天翻——　但谁能想像那一天?

(此诗最早见于1925年9月9日徐志摩日记《爱眉小札》。)

半夜深巷琵琶

又被它从睡梦中惊醒,深夜里的琵琶!
　　是谁的悲思,
　　是谁的手指,
像一阵凄风,像一阵惨雨,像一阵落花,
　　在这夜深深时,
　　在这睡昏昏时,
挑动着紧促的弦索,乱弹着宫商角徵,
　　和着这深夜,荒街,
　　柳梢头有残月挂,
阿,半轮的残月,像是破碎的希望他,他
　　头戴一顶开花帽,
　　身上带着铁链条,
在光阴的道上疯了似的跳,疯了似的笑,
　　完了,他说,吹糊你的灯,
　　她在坟墓的那一边等,
等你去亲吻,等你去亲吻,等你去亲吻!

(此诗写于1926年5月,登载于1926年5月20日《晨报副刊·诗镌》第8期。)

起造一座墙

你我千万不可亵渎那一个字，
别忘了在上帝跟前起的誓。
我不仅要你最柔软的柔情，
蕉衣似的永远裹着我的心；
我要你的爱有纯钢似的强，
在这流动的生里起造一座墙；
任凭秋风吹尽满园的黄叶，
任凭白蚁蛀烂千年的画壁；
就使有一天霹雳震翻了宇宙，——
也震不翻你我"爱墙"内的自由！

（此诗写于 1925 年 8 月，登载于 1925 年 9 月 5 日《现代评论》第 2 卷第 39 期。）

望月

月：我隔著窗纱，在黑暗中，
望她从巉岩的山肩挣起——
一轮惺忪的不整的光华：
像一个处女，怀抱著贞洁，
惊惶的，挣出强暴的爪牙；

这使我想起你，我爱，当初
也曾在恶运和利齿间捱！
但如今，正如蓝天里明月，
你已升起在幸福的前峰，
洒光辉照亮地面的坎坷！

❀ 再不见雷峰

再不见雷峰,雷峰坍成了一座大荒冢,
　　顶上有不少交抱的青葱;
　　顶上有不少交抱的青葱,
再不见雷峰,雷峰坍成了一座大荒冢。

为什么感慨,对着这光阴应分的摧残?
　　世上多的是不应分的变态;
　　世上多的是不应分的变态,
为什么感慨,对着这光阴应分的摧残?

为什么感慨:这塔是镇压,这坟是掩埋,
　　镇压还不如掩埋来得痛快!
　　镇压还不如掩埋来得痛快,
为什么感慨:这塔是镇压,这坟是掩埋。

再没有雷峰;雷峰从此掩埋在人的记忆中:
　　像曾经的幻梦,曾经的爱宠;
　　像曾经的幻梦,曾经的爱宠,
再没有雷峰;雷峰从此掩埋在人的记忆中。

九月,西湖。

(此诗写于1925年9月,登载于1925年10月5日《晨报副刊》。)

❀ 这年头活着不易

昨天我冒着大雨到烟霞岭下访桂;

南高峰在烟霞中不见,
　　在一家松茅铺的屋檐前
　　我停步,问一个村姑今年
翁家山的桂花有没有去年开的媚。

那村姑先对着我身上细细的端详;
　　活像只羽毛浸瘪了的鸟,
　　我心想,她定觉得蹊跷,
　　在这大雨天单身走远道,
倒来没来头的问桂花今年香不香。

"客人,你运气不好,来得太迟又太早;
　　这里就是有名的满家弄,
　　往年这时候到处香得凶,
　　这几天连绵的雨,外加风,
弄得这稀糟,今年的早桂就算完了。"

果然这桂子林也不能给我点子欢喜;
　　枝上只见焦萎的细蕊,
　　看着凄惨,唉,无妄的灾!
　　为什么这到处是憔悴?
这年头活着不易!这年头活着不易!

　　　　　　　　　　　　西湖,九月

(此诗写于1925年9月,登载于1925年10月12日《晨报副刊》。发表时,徐志摩用笔名"鹤"。)

 海韵

一

　　"女郎,单身的女郎,

你为什么留恋
　　这黄昏的海边？——
女郎，回家吧，女郎！"
　　"阿不；回家我不回，
　　我爱这晚风吹："——
　在沙滩上，在暮霭里，
有一个散发的女郎——
　　　徘徊，徘徊。

二

　　"女郎，散发的女郎，
　　你为什么彷徨
　　在这冷清的海上？
女郎，回家吧，女郎！"
　　"阿不；你听我唱歌，
　　大海，我唱，你来和："——
　在星光下，在凉风里，
轻荡着少女的清音——
　　　高吟，低哦。

三

　　"女郎，胆大的女郎！
　　那天边扯起了黑幕，
　　这顷刻间有恶风波，——
女郎，回家吧，女郎！"
　　"阿不；你看我凌空舞，
　　学一个海鸥没海波："——
　在夜色里，在沙滩上，
急旋着一个苗条的身影，——
　　　婆娑，婆娑。

33

四

　　"听呀,那大海的震怒,
　　　女郎回家吧,女郎!
　看呀,那猛兽似的海波,
　　　女郎,回家吧,女郎!"
　　　"阿不;海波他不来吞我,
　　　我爱这大海的颠簸!"
　　　在潮声里,在波光里,
　　　阿,一个慌张的少女在海沫里,
　　　　蹉跎,蹉跎。

五

　　　"女郎,在阿里,女郎?
　　　在那里,你嘹亮的歌声,
　在那里,你窈窕的身影?
　　　在那里,阿,勇敢的女郎?"
　黑夜吞没了星辉,
　　　这海边再没有光芒;
　海潮吞没了沙滩,
　　　沙滩上再不见女郎,——
　　　再不见女郎!

（此诗登载于 1925 年 8 月 17 日《晨报副刊》。）

 苏苏

　苏苏是一痴心的女子:
　　　像一朵野蔷薇,她的丰姿;
　　　像一朵野蔷薇,她的丰姿——
　来一阵暴风雨,摧残了她的身世。

这荒草地里有她的墓碑
　　淹没在蔓草里,她的伤悲;
　　淹没在蔓草里,她的伤悲——
阿,这荒土里化生了血染的蔷薇!

那蔷薇是痴心女的灵魂,
　　在清早上受清露的滋润,
　　到黄昏里有晚风来温存,
更有那长夜的慰安,看星斗纵横。

你说这应分是她的平安?
　　但运命又叫无情的手来攀,
　　攀,攀尽了青条上的灿烂,——
可怜呵,苏苏她又遭一度的摧残!

(此诗写于1925年5月5日,登载于1925年12月1日《晨报七周年纪念增刊》。)

新催妆曲

一

新娘,你为什么紧锁你的眉尖,
　　(听掌声如春雷吼,
　　鼓乐暴雨似的流!)
在缤纷的花雨中步慵慵的向前:
　　(向前,向前,
　　到礼台边,
　　见新郎面!)
莫非这嘉礼惊醒了你的忧愁:
　　一针针的忧愁,

你的芳心刺透,
　　　逼迫你热泪流,——
新娘,为什么紧锁你的眉尖?

二

新娘,这礼堂不是杀人的屠场,
　　　(听掌声如震天雷,
　　　闹乐暴雨似的催!)
那台上站着的不是吃人的魔王:
　　　他是新郎,
　　　他是新郎,
　　　你的新郎;
新娘,美满的幸福等在你的前面,
　　　你快向前,
　　　到礼台边,
　　　见新郎面——
新娘,这礼堂不是杀人的屠场!

三

新娘,有谁猜得你的心头怨?——
　　　(听掌声如劈山雷,
　　　鼓乐暴雨似的催,
催花巍巍的新人快步的向前,
　　　向前,向前,
　　　到礼台边,
　　　见新郎面。)
莫非你到今朝,这定运的一天,
　　　又想起那时候,
　　　他热烈的抱搂,
　　　那颤栗,那绸缪——
新娘,有谁猜得你的心头怨?

四

新娘,把钩消的墓门压在你的心上:
　　(这礼堂是你的坟场,
　　你的生命从此埋葬!)
让伤心的热血添浓你颊上的红光;
　　(你快向前,
　　到礼台边,
　　见新郎面!)
忘却了,永远忘却了人间有一个他:
　　让时间的灰烬,
　　掩埋了他的心,
　　他的爱,他的影,——
新娘,谁不艳羡你的幸福,你的荣华!

两地相思

(一) 他——

今晚的月亮像她的眉毛,
　　这弯弯的够多俏!
今晚的天空象她的爱情,
　　这蓝蓝的够多深!
那样多是你的,我听她说,
　　你再也不用疑惑;
给你这一团火,她的香唇,
　　还有她更热的腰身!
谁说做人不该多吃点苦?——
　　吃到了底才有数。
这来可苦了她,盼死了我,
　　半年不是容易过!

她这时候，我想，正靠著窗
　　手托著俊俏脸庞，
在想，一滴泪正挂在腮边，
　　象露珠沾上草尖：
在半忧愁半欢喜的预计，
　　计算著我的归期：
阿，一颗纯洁的爱我的心，
　　那样的专！那样的真！
还不催快你胯下的牲口，
　　趁月光清水似流，
趁月光请水似流，赶回家
　　去亲你唯一的她！

　　　　　（二）她——

今晚的月色又使我想起，
　　我半年前的昏迷，
那晚我不该喝那三杯酒，
　　添了我一世的愁；
我不该把自由随手给扔，——
　　活该我今儿的闷！
他待我倒真是一片至诚，
　　象竹园里的新笋，
不怕风吹，不怕雨打一样，
　　他还是往上滋长；
他为我吃尽了苦，就为我
　　他今天还在奔波；——
我又没有勇气对他明讲
　　我改变了的心肠！
今晚月儿弓样，到月圆时
　　我，我如何能躲避！

我怕，我爱，这来我真是难，
　　　　恨不能往地底钻：
　　可是你，爱，永远有我的心，
　　　　听凭我是浮是沉；
　　他来时要抱，我就让他抱，
　　　　（这葫芦不破的好，）
　　但每回我让他亲——我的唇，
　　　　爱，亲的是你的吻！

（此诗登载于1926年6月10日《晨报副刊·诗镌》第11期。发表时，徐志摩署笔名南湖。）

猛虎集

我等候你

　　我等候你。
　　我望着户外的昏黄
　　如同望着将来，
　　我的心震盲了我的听。
　　你怎还不来？希望
　　在每一秒钟上允许开花。
　　我守候着你的步履，
　　你的笑语，你的脸，
　　你的柔软的发丝，
　　守候着你的一切；
　　希望在每一秒钟上
　　枯死——你在那里？
　　我要你，要得我心里生痛，

我要你的火焰似的笑，
要你的灵活的腰身，
你的发上眼角的飞星；
我陷落在迷醉的氛围中，
像一座岛，
在蟒绿的海涛间，不自主的在浮沉……
喔，我迫切的想望
你的来临，想望
那一朵神奇的优昙
开上时间的顶尖！
你为什么不来，忍心的？
你明知道，我知道你知道，
你这不来于我是致命的一击，
打死我生命中午放的阳春，
教坚实如矿里的铁的黑暗，
压迫我的思想与呼吸；
打死可怜的希冀的嫩芽，
把我，囚犯似的，交付给
妒与愁苦，生的羞惭
与绝望的惨酷。
这也许是痴。竟许是痴。
我信我确然是痴；
但我不能转拨一支已然定向的舵，
万方的风息都不容许我犹豫——
我不能回头，运命驱策着我！
我也知道这多半是走向
毁灭的路；但
为了你，为了你
我什么都甘愿；
这不仅我的热情，
我的仅有理性亦如此说。

痴！想磔碎一个生命的纤微
为要感动一个女人的心！
想博得的，能博得的，至多是
她的一滴泪，
她的一阵心酸，
竟许一半声漠然的冷笑；
但我也甘愿，即使
我粉身的消息传到
她的心里如同传给
一块顽石，她把我看作
一只地穴里的鼠，一条虫，
我还是甘愿！
痴到了真，是无条件的，
上帝也无法调回一个
痴定了的心如同一个将军
有时调回已上死线的士兵。
枉然，一切都是枉然，
你的不来是不容否认的实在，
虽则我心里烧着泼旺的火，
饥渴着你的一切，
你的发，你的笑，你的手脚；
任何的痴想与祈祷
不能缩短一小寸
你我间的距离！
户外的昏黄已然
凝聚成夜的乌黑，
树枝上挂着冰雪，
鸟雀们典去了它们的啁啾，
沈默是这一致穿孝的宇宙。
钟上的针不断的比着
玄妙的手势，像是指点，

像是同情,像是嘲讽,
每一次到点的打动,我听来是
我自己的心的
活埋的丧钟。

(此诗发表于1929年10月10日《新月》第二卷8期,曾为《新月诗选》首篇。)

再别康桥

轻轻的我走了,
　正如我轻轻的来;
我轻轻的招手,
　作别西天的云彩。

那河畔的金柳,
　是夕阳中的新娘;
波光里的艳影,
　在我的心头荡漾。

软泥上的青荇,
　油油的在水底招摇;
在康河的柔波里,
　我甘心做一条水草!

那树荫下的一潭,
　不是清泉,是天上虹,
揉碎在浮藻间,
　沉淀着彩虹似的梦。

寻梦?撑一支长篙,
　　向青草更青处漫溯,
满载一船星辉,
　　在星辉斑斓里放歌。

但我不能放歌,
　　悄悄是别离的笙箫;
夏虫也为我沉默,
　　沉默是今晚的康桥!

悄悄的我走了,
　　正如我悄悄的来;
我挥一挥衣袖,
　　不带走一片云彩。

　　　　　　　　　　　十一月六日中国海上

(此诗登载于 1928 年 12 月 10 日《新月》月刊第 1 卷第 10 号。)

❀ 拜献

山,我不赞美你的壮健,
海,我不歌咏你的阔大,
风波,我不颂扬你威力的无边;
但那在雪地里挣扎的小草花,
路旁冥盲中无告的孤寡,
烧死在沙漠里想归去的雏燕,——
给他们,给宇宙间一切无名的不幸,
我拜献,拜献我胸胁间的热,
管里的血,灵性里的光明;

我的诗歌——在歌声嘹亮的一俄顷,
天外的云彩为你们织造快乐,
　　起一座虹桥,
　　指点着永恒的逍遥,
在嘹亮的歌声里消纳了无穷的苦厄!

一九二九年初春作

(此诗登载于 1929 年 2 月 10 日《新月》月刊第 2 卷第 12 号。)

❀ 生活

阴沈,黑暗,毒蛇似的蜿蜒,
生活逼成了一条甬道:
一度陷入,你只可向前,
手扪索着冷壁的黏潮,

在妖魔的脏腑内挣扎,
头顶不见一线的天光
这魂魄,在恐怖的压迫下,
除了消灭更有什么愿望?

五月二十九日

(此诗写于 1928 年 5 月 29 日,登载于 1929 年 5 月 10 日《新月》月刊第 1 卷第 3 号。)

❀ 残春

昨天我瓶子里斜插着的桃花
是朵朵媚笑在美人的腮边挂;

今儿它们全低了头，全变了相：——
红的白的尸体倒悬在青条上。

窗外的风雨报告残春的运命，
丧钟似的音响在黑夜里叮咛：
"你那生命的瓶子里的鲜花也
变了样：艳丽的尸体，谁给收殓？"

（此诗写于 1927 年 4 月，登载于 1928 年 5 月 10 日《新月》1 卷 3 号。）

残破

一

深深的在深夜里坐着：
当窗有一团不圆的光亮，
　风挟着灰土，在大街上
　　小巷里奔跑：
我要在枯秃的笔尖上袅出
一种残破的残破的音调，
为要抒写我的残破的思潮。

二

深深的在深夜里坐着：
生尖角的夜凉在窗缝里
　妒忌屋内残余的暖气，
　　也不饶恕我的肢体：
但我要用我半干的墨水描成
一些残破的残破的花样，
因为残破，残破是我的思想。

三

深深的在深夜里坐着,
左右是一些丑怪的鬼影:
　焦枯的落魄的树木
　在冰沈沈的河沿叫喊,
　比着绝望的姿势,
正如我要在残破的意识里
重兴起一个残破的天地。

四

深深的在深夜里坐着,
闭上眼回望到过去的云烟;
　阿,她还是一枝冷艳的白莲,
　斜靠着晓风,万种的玲珑;
但我不是阳光,也不是露水,
我有的只是些残破的呼吸,
　如同封锁在壁椽间的群鼠
追逐着,追求着黑暗与虚无!

（此诗写于1931年3月,登载于1931年4月《现代学生》第1卷第6期。）

❀ 我不知道风是在那一个方向吹

我不知道风
是在那一个方向吹——
我是在梦中,
在梦的轻波里依洄。

我不知道风

是在那一个方向吹——
我是在梦中,
她的温存,我的迷醉。

我不知道风
是在那一个方向吹——
我是在梦中,
甜美是梦里的光辉。

我不知道风
是在那一个方向吹——
我是在梦中,
她的负心,我的伤悲。

我不知道风
是在那一个方向吹——
我是在梦中,
在梦的悲哀里心碎!

我不知道风
是在那一个方向吹——
我是在梦中,
黯淡是梦里的光辉。

(此诗写于1928年,登载于1928年3月10日《新月》月刊第1卷第1号。)

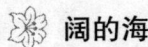 **阔的海**

阔的海空的天我不需要,

我也不想放一只巨大的纸鹞
上天去捉弄四面八方的风；
　　我只要一分钟
　　我只要一点光
　　我只要一条缝，——
像一个小孩爬伏
在一间暗屋的窗前
望着西天边不死的一条
缝，一点
光，一分
点。

在不知名的道旁

什么无名的苦痛，悲悼的新鲜，
什么压迫，什么冤屈，什么烧烫
你体肤的伤，妇人，使你蒙着脸
在这昏夜，在这不知名的道旁，
任凭过往人停步，讶异的看你，
你只是不作声，黑绵绵的坐地？

还有蹲在你身旁悚动的一堆，
一双小黑跟闪荡着异样的光，
象暗云天偶露的星晞，她是谁？
疑惧在她脸上，可怜的小羔羊，
她怎知道人生的严重，夜的黑，
她怎能明白运命的无情，惨刻？

聚了，又散了，过往人们的讶异。
刹那的同情也许；但他们不能

为你停留,妇人,你与你的儿女,
伴着你的孤单,只昏夜的阴沈,
与黑暗里的萤光,飞来你身旁,
来照亮那小黑眼闪荡的星芒!

一九二八年十月三十一日在印度作

(此诗登载于1929年2月1日《金屋月刊》第1卷第2期。)

 黄鹂

一掠颜色飞上了树。
"看,一只黄鹂!"有人说。
翘着尾尖,它不作声,
艳异照亮了浓密——
像是春光,火焰,像是热情,

等候它唱,我们静着望,
怕惊了它。但它一展翅,
冲破浓密,化一朵彩云;
它飞了,不见了,没了——
像是春光,火焰,像是热情。

(此诗登载于1930年2月10日《新月》月刊第2卷第12号。)

云游集

❋ 云游

那天你翩翩的在空际云游,
自在,轻盈,你本不想停留
在天的那方或地的那角,
你的愉快是无拦阻的逍遥,
你更不经意在卑微的地面
有一流涧水,虽则你的明艳
在过路时点染了他的空灵,
使他惊醒,将你的倩影抱紧。

他抱紧的是绵密的忧愁,
因为美不能在风光中静止;
他要,你已飞度万重的山头,
去更阔大的湖海投射影子!
他在为你消瘦,那一流涧水,
在无能的盼望,盼望你飞回!

(写于1931年7月,初以《献词》为题,后改为《云游》,登载于1931年10月5日《诗刊》第3期。)

❋ 最后的那一天

在春风不再回来的那一年,
在枯枝不再青条的那一天,
　那时间天空再没有光照,
　只黑蒙蒙的妖氛弥漫著;

太阳，月亮，星光死去了的空间；

　　在一切标准推翻的那一天，
　　在一切价值重估的那时间：
　　　　暴露在最后审判的威灵中，
　　　　一切的虚伪与虚荣与虚空：
　　赤裸裸的灵魂们匍匐在主的跟前；——

　　我爱，那时间你我再不必张皇，
　　更不须声诉，辨冤，再不必隐藏，——
　　　　你我的心，象一朵雪白的并蒂莲，
　　　　在爱的青梗上秀挺，欢欣，鲜妍，——
　　在主的跟前，爱是唯一的荣光。

❈ 火车禽住轨

火车禽住轨，在黑夜里奔：
过山，过水，过陈死人的坟；

过桥，听钢骨牛喘似的叫，
过荒野，过门户破烂的庙，

过池塘，群蛙在黑水里打鼓，
过噤口的村庄，不见一粒火；

过冰清的小站，上下没有客，
月台袒露着肚子，像是罪恶。

这时车的呻吟惊醒了天上
三两个星，躲在云缝里张望：

那是干什么的,他们在疑问,
大凉夜不歇着,直闹又是哼,

长虫似的一条,呼吸是火焰,
一死儿往暗里闯,不顾危险,

就凭那精窄的两道,算是轨,
驮著这份重,梦一般的累坠。

累坠!那些奇异的善良的人,
放平了心安睡,把他们不论

俊的村的命全盘交给了它,
不论爬的是高山还是低洼,

不问深林里有怪鸟在诅咒,
天象的辉煌全对着毁灭走;

只图眼前过得,裂大嘴打呼,
明儿车一到,抢了皮包走路!

这态度也不错!愁没有个底;
你我在天空,那天也不休息,

睁大了眼,什么事都看分明,
但自己又何尝能支使运命?

说什么光明,智慧永恒的美,
彼此同是在一条线上受罪,

就差你我的寿数比他们强,

这玩艺反正是一片糊涂账。

(此诗原名《一片糊涂帐》,是徐志摩最后一篇诗作。它写于1931年7月19日,登载于1931年10月5日《诗刊》第3期。)

偶 然

我是天空里的一片云，
偶尔投影在你的波心——
你不必讶异，
更无须欢喜——
在转瞬间消灭了踪影。

你我相逢在黑夜的海上，
你有你的，我有我的，方向；
你记得也好，
最好你忘掉，
在这交会时互放的光亮！

——徐志摩

上架建议：文学类情感类

ISBN 978-7-5183-1014-2

9 787518 310142 >

定价：34.80元